호랑나비

차례

호랑나비

나의 가장 외롭게 높은 곳

이제 걸어서는 더 갈 수 없는 곳에 다다랐다

바다는 하얀 이빨을 빛내며

단단한 절벽을 물어뜯는데

수평선은 먹구름에 가려 보이지 않는다

─수국은 빛깔을 내려놓고 있다

걸어서는 더 갈 수 없는 곳에

멈춰, 가쁜 숨을 몰아쉬어도

아직 날개는 없고 앞으로도 없을 것이다

멀리 고깃배 한 척이

속도를 숨긴 채 파도를 가르고 있는데

앞으로 나아가는 게 아니라

몸을 던지고 있는 것 같다

바람이 미망을 지우고 떠나는

나의 가장 외롭게 높은 곳,

더 갈 길이 사라져 돌아가기로 한다

지나온 길을 다시 더듬어

햇빛에 검게 비춰보기로 한다

흐느끼다 벌떡 일어서는 저 바다처럼

숨소리는 낮아지고

어둠은 깊어가는 저 허공처럼

비, 부서지다

이제 비는 낱개로 내린다

유리창에 머무는 구름의 뒷면을

두고 말하는 게 아니다 내려서

어두운 깊이를 이루지 못하고

먼지처럼 비가 내리는 시절이 온 것이다

기원은 오래되지 않았다

고요와 침묵을 죽여 거리로 만들고

시간에 불을 피워 기계를 움직였다

그 이후에 비는 낱개가 되어 내린다

그래서 비가 내리면 서둘러

창문을 경보(警報)처럼 닫는다

들판이 없는 나무와 꽃들만

그것을 견딜 뿐

비를 따라 우리도 점점 목이 마르고

냇물은 소리를 잃었다

언어도 바스러져

우리를 떠나고 있다……

숲을 놓아주자

이제는 숲을 놓아주자

자동차로 가로막지도 말고 전기톱으로

관절을 자르지도 말고

이제는 숲이 스스로 심장을 낳도록

놓아주자 비바람이 머물도록 흔들리다

샘물이 되고 다시 그것이

수천 리를 흘러 바다가 되도록

이제는 숲을 인간에게서 놓아주자

가난한 마을을 위하여 놓아주자

곧 탄생할 소쿠리와 거친 손마디를 위하여

팔랑거리는 나비를 위하여

딱따구리의 부리를 위하여 놓아주자

이제는 숲을 놓아주자

커다란 책상으로부터 놓아주자

안락한 집으로부터 놓아주자

이제는 숲이 새로운 주인이 되게 하고

인간은 아둔한 숲의 백성이나 되자

봄

개울가는 점점 연둣빛으로 변하고
야트막한 산등성이를 넘어가는 길은
황구렁이처럼 눈부시게 휘어지고 있다
탁한 하늘을 비집고 쏟아진 햇볕에
팔뚝을 그을리며
밭이 두꺼운 겉옷을 벗는다

목덜미에는 어느새 땀이 흐른다

시를 써요

아프면 시를 써요

외로워도 시를 쓰고

가난한 마음이 슬퍼져도 시를 써요

버려진 느낌이 들어도 시를 쓰고

세상일이 너무 막막해도

달이 뜨지 않아도

냇물이 점점 앙상해져도

아이가 부쩍 자라서

남몰래 서러워져도

시를 써요, 시를 쓰면

더 아프고 더 외롭고

별빛은 더 힘겹게 깜빡이겠지만

시를 써요

시를 쓰는 순간만이 빛나게

빛나서 허름한 거미줄에

이슬이 머물게

시를 써요 시를 쓰면

내가 가난이 되고 고독이 되고

빗방울이 되겠지만

고작 다람쥐 눈빛이나 되겠지만

불씨만 자꾸 두근대겠지만

제비

간혹 지금은 사라진 제비가 생각날 때가 있다

지면 위를 스치듯 날다 솟구치던 모습이라든가

어미를 반기며 붉은 목구멍을 내밀던

새끼들의 재잘거림이 말이다

십리는 떨어진 강안의 배추밭에서

어머니가 품일을 마치고 돌아오시던 저물녘은

내 목숨이 환해지던 순간이었는데

제비는 멀리 쫓겨나버리고

나도 잔인한 세상 속으로 나왔다

　오늘은 막 날기 시작한 제비들을 차가운 바다에 빠뜨려 죽인 지

　딱 5년이 되는 날이다*

* 2014년 4월 16일, 인천항에서 제주도로 가던 여객선 세월호가 전라
남도 진도 앞바다에서 침몰했다. 이 배에는 476명의 승객이 타고 있었
는데 경기도 안산에 있는 단원고등학교 2학년 학생 325명이 제주도로
수학여행을 가고 있었다. 승객 중 304명이 사망, 실종되었는데 그중
250명이 단원고등학교 학생들이었다. 당시 대한민국 정부와 해양경찰
은 이들을 구조하지 않았다.

지평선에 서서

내딛는 발걸음마다 백척간두다

오래된 벗들을 떠나

돌이킬 수 없는 방향에서 부는

적막을 들이쉬면

다시 지평선이다

언제나 새로운 태양이 뜨는 곳에서

벌레가 힘들여 알을 낳을 때

피뢰침이 번개를 부르듯

버리고 온 시간이

마른 들판에 불을 놓는다

폐허가 다른 목숨을 불어 넣는다

지평선에 서서

꽃도 바위도 내려놓는다

냇물도 별빛도 떠나보낸다

지평선은 폐허를 빛나게 하는 폐허!

나는 단지 경계를 갖지 않은 어둠을

말없이 바라보고 있다

태풍의 말

거센 바람이 드디어 들이닥치고
나무는 뿌리가 뽑힐 듯 들썩였다

몸이 휘어질 듯 꺾일 듯할 때마다
열매가 후두둑 떨어지고
먹구름은 파도처럼 멀어졌다 되돌아왔다

이파리가 어느 때보다 깊게
뿌리를 느끼는 순간이다

기억이 폭포처럼 떨어져야
고독이 탄생한다는 진실을 남기고
바람이 떠나자
단출해진 시간이 찾아왔다

바람은 가고 대지는 남았지만

어제와는 다른 슬픔이 왔고

어제와는 다른 가난이 만들어졌다

저무는 하늘을 바라보며

남은 열매의 빛깔이 굽이쳤다

벼랑의 시간

우리는 아무것도 모른 채 벼랑으로 가고 있어요

누구는 안개 탓을 하고, 보이지 않아도 갈 수밖에 없는 게

우리의 운명이라고도 합니다

나침반을 꺼내 방향을 찾을 필요는 없어요

어차피 그 나침반은 우리 것이 아니니까요

우리가 떠나온 곳에서는 아직 강물이 흐르고 있는지

허공은 멀리 가는 기러기의 마음처럼 뛰고 있는지

그런 것은 아무래도 중요하지 않습니다

우리가 다 버리고 온 것들이니까요

이제는 이유도 모르겠어요 빌딩은 높아가고

도로는 계속 달리는 중이지요 밤은 낮이 되었고

낮은 다시 낮으로 재생산되고 있습니다

무한히 리필되고 있는 중이죠

지나온 길은 가려지거나 없어지거나

진열대에 가만히 누워 있어야 합니다

우리는 지금 벼랑으로 가고 있으니까요

가끔은 희열이 그리고 어젯밤엔 고독이

유리창을 깨고 들어왔지만

해가 뜨면 현관문은 자동으로 열립니다

그렇게 설계된 것은 아주 오래전의 일

우리는 짐승 같은 마음을 움켜쥔 채 벼랑으로 가고 있
어요

멈추어서 뒤돌아보기도 하고

오후가 되면 길가의 꽃을 바라보기도 하지만

겨울나무처럼 가지가 부러진 채로

가고 있습니다, 비둘기의 그림자처럼

절름발이로 가고 있어요

우리가 벼랑이 될지도 모르는 길을 말입니다

이제는 벼랑의 시간입니다

벼랑이 되어야 돌멩이처럼 몸을 굴리는

벼랑의 시간입니다

봄눈

내리려면 열흘 밤낮은 내려야지

내리려면 허리 정도는 묻어줘야지

버스도 끊어지고 눈사람도 지워져야지

우리는 점점 인간을 벗어나고 있는 중

바이러스가 떠돌아다니니까 꼭 마스크를 쓰고 다녀요

그러나 그것들은 우리가 버린 것들이지

갑자기 출현한 괴물이 아니다

봄볕 대신 쏟아지는 눈발이 창백한 것도 그 때문

해가 지면 도로는 빙판이 될 것이고

자동차들은 어쩔 줄 몰라

돌아앉고 주저앉고 넋을 놓을 것이다

죽음이 아직 현관문을 두드리지 말기를

걷는 속도보다 빠른 것은 그 자체가 흉기니까

사무실 옆 신축 중인 건물은 이제 공사가 끝나가는지

타워크레인 해체 작업을 하고 있다

심장에 내려앉지 않는 말들이

바이러스보다 더 무서운데

부를 때는 보이지 않던 구름이

느닷없이 지상에 퍼붓는다

내리려면 사랑도 기다림도 아예 덮어버려야지

높고 커다란 것들이

낮고 쓸쓸해질 때까지 쏟아져야지

그림자

나무를 그렇게도 자르지 마라 했는데

오늘은 어린이 놀이터 쪽 나무가 처참하다

6월이면 태양이 팔을 걷어 부치고 다가서는 때

시청 공무원은 잔가지가 떨어지면 아이들이

다칠지 몰라 바짝 자르는 것이라며

술이 덜 깬 나의 민원이 탐탁지 않다

아니 분명 그럴 것이다

이제는 상대방의 말투와 자주 쓰는 말에서

비릿한 냄새도 맡고 빗방울 소리가

들리는 것 같다

뜨거운 여름이 다가오는데

사실 내가 먼저 숨이 막혔다

나무를 몸통만 남기고 쳐내면

태풍이 오지도 않고 장맛비에 냇물이

우느라 얼굴이 퉁퉁 붓지도 않을 텐데

관료제는 빽빽한 밀림 같아서

도대체 해가 중천에 떴는데도 술이 깨지 않는다

나무에 귀신이 덕지덕지 붙어살던 때가 있었다

거기에 바치던 기도는 기억나지 않지만

어차피 잘라도 다시 가지는 자랄 텐데

민원인님은 뭐가 그리 걱정이신지 모르겠네요

저기와 여기가 이렇게 멀다

그 사이에서 내 비관주의만 자란다

전기톱 소리는 그 와중에도 그치지 않고

그림자가 하나둘 베어지고 있다

낮달

나의 몸은 어느 정도 집 앞 대추나무의 것이지

어머니의 한숨이기도 하고

어제 분 돌풍이기도 하지만

목마른 숲속에서 만난

샘물 한 모금이 졸졸 흐르는

돌멩이와 돌멩이 틈새

밤새 쓴 편지가 결국

나에게 당도하고 만 것이다

화산의 분화구에서도 작은 목숨이 태어나듯

햇볕이 강물에 와서 몸을 놓자

강바닥에는 모래알의 표정이 번진다

당신의 그늘이 다시 내 몸이 된다

이번 겨울은 눈송이 하나 없이

사막의 발걸음이 저벅저벅 다가오고 있지만

오후 네 시 되니 달이 떠서

혼자 외롭다

아프지 마오

지평선 너머에

우리의 노래가 가닿지 못한다 해도

달은 덜덜 떨면서

어둠을 입는 만큼 미소를 얻는답니다

화장

우리를 멈추게 하는 것은 이제

재앙뿐인가 늦눈이 그치고

수줍은 바람이 불자

냇물이 조금 맑아졌다

지금껏 목소리가 너무 컸다

나는 좀 더 작아져야지

그리고 골짜기처럼 어두워져야지

대출을 받아서라도 검은 밭뙈기를

어머니께 사드려야 했는데

거리에는 적막이 반, 그래도

파도처럼 자동차 소음은 그치지 않는다

우리를 멈추게 하는 것은 꿈꾸는 고독인데

잘려진 나무의 비명에게서

엄마의 피를 채 씻지 않은 아이의 주먹이

시작될 수 있을까

이제 비극 앞에서 배회하지 않기로 했다

바깥으로 자라던 말을 꺾어

아궁이에 던져 넣기로 했다

윗목에서는 콩나물시루의 콩나물이

밤새 두런거리고

무화과나무는

꿈속에서 점점 익어갈 것이다

꽃밖에 없네

꽃 피니 꽃밖에 없네

나비도 없고 별도 없네

보고 싶은 얼굴도 없고 바람에

날리는 영혼도 없네

꽃 피니 꽃밖에 없네

꽃만 바라보는 어둔 눈빛밖에 없네

직박구리 울음과 버려진 시간의

기억밖에 없네

꽃 피니 꽃밖에 없네

빈 가슴에 찾아오는 외로운 꿈밖에 없네

재앙을 살고 있는 슬픔밖에 없네

아직 건너지 못한 강물밖에 없네

꽃 피니 꽃밖에 없네

꽃 밖에 꽃밖에 없네

잠시 멈추는 발걸음밖에 없네

비로소 보이는 먼 산밖에 없네

먼 산을 가까이 앉히는 그리움밖에 없네

아직 가지 않은 길

아직 가지 않은 길은 언제나

뒤에 두고 온 길이다

배추밭을 날던 흰나비가 떠난

허공이든가 아니면 소걸음 따라 걷던

물소리 찰랑찰랑한 길이다 아직

가지 않은 길은 미래의 길도 아니고

밤새 책장을 넘기다 바라보는

가로등이 빛나는 길도 아니다

구부러진 길 그러나 칠흑같은 길

도깨비풀이나 가득한 길

아직 가지 않은 길은 언제나

안 보이는 길이다 불이 꺼진

창문을 기어코 확인하고 돌아선 길

찬바람이 폐에 가득 차 있는 시간에서

다시 시작하는 길이다

강으로 갔으나 강이 되지 못하고

되돌아와 오르던 뒷산 자드락길

노을이 오래 머물던 너럭바위 가는 길

아직 가지 않은 길은

하루 종일 괭이질에 몸살이

온몸을 기어 다니는 길이다

뒤꿈치를 벌겋게 물들이는 길

노래만 귀신처럼 떠도는 길

울음의 끝자락에서 설핏 보이는 길─

물결의 정체

저 물결은 바람이 아니라

물속에 사는 누군가 일으키는 것 같다

바람은 그렇다고 고개만 끄덕일 뿐

저 물결은 모양이 다른 물고기들이나

나풀거리는 물풀들이나 눈이 없는

벌레들이 떠드는 말이

파르르 일으켰다 주저앉히는 것 같다

그러지 않고서야 저렇게 거대한 영혼이

우리를 무너뜨리며 흐를 수 없는 것이다

바람은 안 보이는 데서 오지만

물속에 사는 것들이 자리를 내주어

잠시 우리를 눈멀게 하는 것이다

몸에 새겨진 것들을 밖으로 내보내는 것이다

저 물결은 아무래도 수억의

목숨들이 일으키는 것 같다

맑은 날에는 햇볕도 오라 해서

함께 춤추자 내미는 손길 같다

다시

늙은 나무는 더 자라지 않고

제 몸을 비우기 시작한다

새도 살고 바람도 들르고

동네 아이들이 올라올 수 있도록

몸도 구부러진다

이제 더 자랄 수 없다는 진리를

동네 구석구석에 알리고자

영혼이 바뀐 것이다

밑도 끝도 없이 자라는 일은

신도 할 수 없는 일

신이 쾌청한 하늘처럼

입을 닫아버리는 건 그 때문이다

나무도 구름까지는 자라지 못한다

강물이, 가문 땅에

봄비로 돌아오는 것처럼

그래서 돌 틈을 지나

다시 자신에게로 출발하는 것처럼

나무도 더 자라는 일은 그만두고

적어지고 가벼워진다

잎사귀만 다시 낳는다

눈이 부신 숨결을

낮고 낮은 노래를

냇물의 목소리
— 김종철 선생님 영전에

1

함께 아픈 강에 가시자 했더니

밥과 술을 먹자 했습니다

대도시의 골목에서, 무슨 말을 나눴는지 기억은 없습니다

자리에서 일어나 걸으면서 제게 주시던

웃음만 기억납니다

내 못남이 조금 맘에 들으셨구나 하는 불빛이

너무 높지 않은 전압으로 제 몸에 들어왔습니다

그동안 너무 아둔했습니다

일자무식, 어둑한 자아였습니다

제 입에서 강이 나오고

선생님이 밥과 술을 흘려주신 순간이

제게는 역사(役事) 같습니다

아니 지진이었습니다

선생님은 글로 불세례를 주시고

말과 웃음으로 침례를 허락하셨습니다

그냥 콸콸 솟는 지하수였습니다

마른 논에 천천히 들어오는 물줄기였습니다

어린모가

조금 환해졌습니다

2

아버지 없던 시간에

아버지를 할 수 있는 한 멀리 내쫓으려 했던 기억에

니는 해외여행 가봤나?

여권도 없는데요

아이고, 촌놈 같으니라고

똑똑 문을 두드려주셨습니다

그리고 동무 하자 하셨습니다

어제는 왜 빨리 갔나?

속상했나?

아뇨, 다른 일정이 있었습니다

내가 언제부터 니네 걱정까지 하게 됐는지 모르겠다

꼭 살아 남으래이

물이 끊긴 어린모가 무엇으로 자랄지

이제는 아무도 모를 일입니다

억지로라도 불러 앉히던 목소리가 사라졌다고들 합니다

그러나 오늘은 검은 옷을 입다 던졌습니다

괜히 어려운 소리 하지 말고

니 어머니가 알아듣게 써라

저는 이 말씀으로 계속 자학하고 있었습니다

'때가 되면 다 떠나야겠지만, 살아 있는 동안에는

끊임없이 앓고, 사랑하고, 그리워하자 하셨으나'*

오늘 쓰는 이 시는 조시가 아닙니다

생전에 보여드리지 못한

돌아갈 고향 없는 가난의

어둑한 내면입니다

자꾸 귀에서 비행기 소리가 난다고 하시니

---

* 「장마」라는 에세이를 보여드렸더니 답을 주셨다. 전문은 다음과 같다. "고마워. 앞으로 이런 글 많이 써라고 권하고 싶네. 괜히 어려운 소리 하지 말고. 고향을 잃고, 잃어가는 슬픔과 고통을 솔직히 나누는 게 문학의 본질이 아닌가 싶어. 때가 되면 다 떠나야겠지만, 살아 있는 동안에는 끊임없이 앓고, 사랑하고, 그리워하면서 말이야." 2020년 6월 24일 20시 47분이 발신 시간이었다. 그리고 다음날 새벽에 서울시 종로구 부암동 백사실 계곡에서 운명하셨다. 평생 소음을 싫어해서 소음에게 보복당하는 것 같다고 우스갯소리를 하셨지만, 정말 세상의 소음에게 죽임 당하신 것만 같다.

그냥 한번 읽어드리는 읊조림입니다

비행기 소리는 이제 그만 벗으시고

다시, 냇물 소리로 오시리라 믿습니다

알겠습니다, 알겠어요

여직 아둔하기는 합니다만

남은 우리가 말라가는 냇물에 한 모금씩 보태겠습니다

그럼 다음에 또 뵙겠습니다

3

호들갑 떨지 마라

사람이 나이 들면 다 아픈 것이고

그러다 죽는 것이다

호랑나비

1

장마가 끝나지 않는다 바다는 끓고

빙하는 놀라 주저앉고 대륙은 탄다

숲이 깊이 베어진 탓인가도 싶은데

반지하 방에는 곰팡이가 점점

밀림을 이루고 있다

마스크를 쓴 채 소독제를 손에

아무리 뿌려보아도 아직 폭로할 게 남은 것 같다

(이제 침묵은 악덕이고

아무 말이라도 해주기를 당신은 바란다)

빗속에서 매미는 다 울지도 못한 채

길 위에 버려져 있는데

간혹 비가 그친 구름 사이로
가을 하늘 같은 노을이 아름답게
도시를 내려다보고 있다

지구의 얼굴은 저토록 무한하다

2

돌아보니, 몸의 시간이 거의 빠져나간 사람은
호미와 수레와 암소의 되새김질을 내려놓고
허리를 펴지 못한 채
저 건너 들판만 말없이 바라본다

무너지는 집과 함께

징용과

전쟁과

도피와

이산을 건너왔지만

장맛비에 분 냇물에 잃어버린

어린 딸의 목소리가 아직도 들려온다

잠겨 있던 울음이

냇물 쪽으로 흘러간다

가마니때기를 마당 가운데에 놓고

돌담을 짚고 울던 어느 저물녘이

들판에 가뭇하게 당도했지만

어느새 넓어진 도로를 따라

시간이 달리고 있다

저녁부터 다시 폭우라고 한다

3

오늘밤에는 강물이 제방을 넘을 것인가

어쩌면 물가에 쓰레기들만

잔뜩 걸쳐놓을 것이다

빗소리 뒤에 숨어서

쌓인 설움이라도

몰래 내려놓을라치면

현관문이 벌컥 열리고, 젖은 우산을

접으며 아이가 책가방을 벗어 던진다

혼자도 아니고 여럿도 아닌

이웃을 잃어버린 집들이 밝히는

불빛 사이로 다시 폭우가 쏟아지자

빠져나가지 못한 차량들이 몸을 부비며

할 일을 잃어버린다

희망도 점점 침침해진다

낡은 선풍기가 젖은 빨래를 말리려

젖은 바람을 데려온다

4

어머니, 깊은 계곡에서는

나무가 말을 시킨다고 하네요

불빛도 없이 잎사귀가 웃기도 한대요

그 웃음을 느낄 때

영혼이 삐거덕 열린답니다

만신창이로 쓰러지며 우리는 영영 작별을 하는 것 같지만

지하수가 돌멩이 사이를 지나쳐

어두운 벌레들의 숨소리

속으로 흐르듯이

드디어 맨몸이 된다고 해요

거기서 우리는

새로 시작하는 걸까요

무너져가는 오두막 쪽에서

호랑나비 한 마리가 날아와 반야전 쪽으로

저를 데려갔습니다 그리고

잠깐 무너져 울었습니다

엎드린 몸 위로

처음 듣는 빗소리가 다가왔습니다

조용한 발걸음이었습니다

5

밭을 가는 소의 입에서

흰 거품이 뚝뚝

묵정밭에 떨어진다

해는 중천이다

어둠의 색깔
— 차규선의 전시 '화원'을 보고

어둠에도 색깔이 있다

꽃이라든가 바위라든가

봉우리라든가 나무도 그리고

입맞춤도 어둠의 색깔이지

어둠은 흐르면서 피고 안에

머물면서 펑펑 내리고 한 보름 동안

우리의 머리 위를 훨훨 날기도 한다네

산은 어둠의 융기

계곡은 어둠의 정지, 어둠에도

언어가 있다는 것을 당신은 믿을까

침묵도 가슴으로 흐르는 물줄기라는 뜻이다

우리가 버리고 살아왔던 어둠이

우리의 바다라는 것이다

처음 하품을 하던 생명이

덮고 깔고 부둥켜안고 까무러치는 것도

모두 어둠의 역사(役事)

그래서 우리는 온통 흩뿌려진 꽃잎이다

어둠을 통통 떠다니는

고무공처럼 바람처럼

바람을 잡지 않는

키 작은 담벼락처럼

동트는 쪽으로

새로 가는 길에는 언제나 두려움투성이지

안개 가득한 골짜기에서

처음 듣는 소리가 들리고 바위에

부딪쳐 몸이 꺾인 신음은

가슴을 비틀어놓네

새로 가는 길은

항상 처음 가는 길

두근거린다는 것은 산비탈의 돌멩이들이

와그르르 내게 쏟아지는 일

손가락 사이에서 신갈나무 싹이 나고

구름은 어느 새 하얗게 뭉실해졌지

새로 가는 길은 내게

다른 어둠을 안겨주려는 듯

노을이, 새끼발가락에 막 도착했네

콩잎에 내리는 빗물처럼

퍼지는 햇볕에 고드름이 부르는 노래처럼

새로 가는 길은 내가 지워지는 길이지

걷다가 웃다가 낡아가는 길

바람에 붉어지는 꽃잎처럼

새로 가는 길은

언제나 어지럽게 맴돌고 있지

쌕쌕 숨을 내쉬고 있지

동트는 곳을 향해 허리를 휘감고 있지

부활

강물이 흐르듯이 갑니다

멈추면 죽은 것이고, 멈추지 않아도

우리는 죽을 겁니다

갑자기 쏟아지는 폭우에도 슬픔이 있고

가쁘게 쉬는 숨이 있고

자신을 재촉하는 들판이 있지요

그래서 빗방울은 서로를 부르고 만지고

갈라지면서 강물이 됩니다

나는 이게 사랑이라고 믿습니다

비참도 아니고 원망도 아니고

단지 부활이지요

골짜기의 기억을 품은 채

바다로 가면서 갈대를 키우고

물새의 몸짓을 다시 만듭니다

죽음의 힘이지요

그러나 아직은 들리지 않는 음악입니다

누군가 부르는 소리가 구름 사이로

희미하게 들려오니까요

몸을 영원히 뒤집는 강물처럼 갑니다

별은 우리 등 뒤에서 뜰 겁니다

칠흑 같은 시간이라도 좋습니다

어쩌면 그때,

음악이 들려올지 모릅니다

죽음이 환하게 웃는 시간 말입니다

환난 아닌 적 없는 환난의 복판과 함께

지금, 가고 있습니다

대추나무

무너진 집에서 칼을 들고 있는 사내와

호미로 싸우는 꿈을 꾸는 사이에

대추나무는 태풍에 얼마나 시달렸는지

가지가 다 핼쑥해졌다

가장 늦게 잎을 내고 가장 단단한

씨를 남기는 대추나무는

바람이 불 때마다 온 힘을 다해 출렁였다

악몽은, 굳어버린 영혼이나 꾸는

꿈이라는 듯 대추나무는 나머지

바람에도 여전히 몸이 휘어지고 있는데

나는 지금 누구와 함께

바람 소리를 듣고 있는 것인가

우리는 뿌리가 상해버린 존재들

그래서 사랑하는 일도 마치

무거운 짐을 지듯 한다

멀리 가지 않아도 그리고 거대한

무엇을 상상하지 않아도

반짝이는 눈과 소리들이 있음을……

세계는 참 깊다!

곡괭이 한 자루와 당나귀 한 마리

노을을 따라 집으로 돌아가는, 흙 묻은

발걸음을 이제 더는 볼 수 없지만

곡괭이 한 자루와 당나귀 한 마리는

아직 우리의 영혼에 있네

산이 불타고 다리가 무너지고 얼음 대륙이

녹아내리는 시간의 복판에서도

비 오는 날 지렁이가 밖으로 나와 춤을 추듯

태풍이 지나간 뒤의 허공처럼 빛나고 있네

모두들 이미 늦었다고 눈을 감아도

곡괭이는 해 뜰 무렵부터 대지를 일구고

가난한 식사를 마친 당나귀는 먼 길을 바라보네

이곳은 저물녘이 되면 누구나 버려지는 곳

자동기계와 거대한 트럭이 질주하고 있지만

곡괭이는 어디에서인가 땀을 닦고

목마른 당나귀는 물동이에 고개를 박고 있네

흐르는 냇물에 발목을 담근

왜가리의 긴 목이 고요히 빛나는 것도

곡괭이 한 자루와 당나귀 한 마리가

아직도 우리를 꼭 붙들어주고 있기 때문

영혼에 칠흑 같은 어둠을 푸푸 불어넣기 때문

그래서 사랑이 시작되기 때문

반달

열다섯 살 때, 반달이
마음을 마저 베어 문 적이 있다
강물에 발을 담그고 있던 반달을
멱을 감다 몰래 본 것인데
들판은 아마 늦여름이었을까
물풀 사이를 돌아다니며 몸에
물비늘이 돋는 꿈을 꾸던 때였다
─하류는 서쪽
철로 위를 지나가는 기차 불빛처럼
혼자서 멀리 떠내려가
바다가 되고 싶었지만
반달이 나를 자꾸 부르곤 했다
하지만 반달이 구름에 가려지고
개 짖는 소리만 고샅길에 들리자

나는 드디어 떠나기로 했다

더 이상 반달을 볼 수 없었기 때문에

세상이 너무 환해졌기 때문에

반달을 잊고 살았는데

반달은 나를 잊은 적이 없다는 듯

가난한 기억을 비춰주고 있다

내일 밤이면 멀리 떠나고 말겠지만

언젠가 다시 돌아와

내 영혼의 반이 되겠다고 한다

아직 기다릴 일이 남았다고 한다

눈보라

당신의 눈에서 흘러나오는 것이

빛인지 그늘인지 모르겠습니다

비루했던 순간을 남김없이 살아야

우리는 우리가 모르는 곳에 도달할 것 같습니다

언덕은 얼마나 가파른지, 해는 어디에서 뜨고

달은 어떤 기억 때문에 붉어지는지

모르겠는데 알겠고, 알 것 같은데 어둠이 내립니다

무릎이 화석이 되는 기도로는

가닿을 수 없는 곳이지요

오직 밭을 갈고 난 뒤에 얻은 아픔이나

혼자 있는 강가에서

온몸으로 울어야 찾아오는 꿈입니다

갈 곳 없는 입맞춤으로

흔들리는 다리 위 같기도 합니다

오래 머무를 수는 없는 곳,

비통의 아우성이 다시 들려옵니다

우리는 고작 그런 곳에 가려고

밤길을 걷고

햇빛을 사랑하는 저수지에 마음을 남깁니다

우리는 단지 물방울이거나

정지에 휩싸인 거미이고

날아오르는 새의 발모가지입니다

쏟아질 듯 깊어가는 기압골입니다

봉우리와 봉우리를

넘어오는 눈보라입니다

겨울 골짜기

함박눈이 내리는 어느 날

아침에 일어나 고개를 씩씩 넘어가는

기차를 타야겠습니다

빨리 가고 싶어도 그럴 수 없는

가파른 생활이 지복입니다

가버린 것들이 주먹만 한 눈송이로

눈앞에 가득할 것입니다

시간을 갈아탄 영혼에게

다가오는 다른 세계이겠지요

계곡은 더 깊어지고

길은 언 물처럼 고요할 겁니다

그 안에서 떠오르는 기억은

더 이상 내 것이 아닐 겁니다

당신과 나 사이에 흐르는 흰강이거나

산등성이를 올라가다 뒤돌아보는

혼자 남은 새끼 고라니의 눈빛이겠지요

한시도 놓아본 적 없는 꿈이

그리고 사랑이 어제의 나를

자꾸 베어 넘깁니다

영원히 미끄러져 나뒹굴게 합니다

바리바리 싸온 것들을

지나온 역처럼 놔버리라 합니다

빈털터리가 되는 꿈을 따라

녹아 흐르는 물이 되라 합니다

처음 보는 들판을

두리번두리번 흐르라 합니다

시인노트

시로 무엇을 할 수 있는가를 오래 생각하며 살아왔다. 그런데 언제부터 시가 무엇이 될 수 있는지 혼자 걸을 때가 있다. 이 혼자 걷기가 더 잦아질지도 모르겠고, 영영 걷게 된다고 해도 지금은 아무 두려움이 없다.

당나귀가 호랑나비가 되는 우화도 가능할까?

시인
에세이

시 스스로 '무엇'이 되는 일

어떻게 하면 시가 현실 세계를 바꿀 수 있을까 하는 생각을 오래 해왔다. 이 생각이 공리주의적인 사고라고 비난받는 것은 부당한 일이지만, 어떤 상황에서는 또는 그 생각이 너무 앞서가면 공리주의의 함정에 빠질 수 있다는 것을 부정하지는 않는다. 달리 생각해보면 시의 길에 아무런 함정을 두지 않으려는 것 자체가 더 위험한 일일 수 있는데, 그것은 이미 함정에 빠져버린 상태를 말하고 있을지 모르기 때문이다. 함정을 의식하고 있거나 또는 함정을 두려워하는 것도 시의 마음이 아니던가. 시야말로 바깥에서건 안에서건 허위를 걷어내고 진실(리얼리티)을 찾아나서는/창조하는 일이라는 믿음이 있다면 함정은 도리어 시를 건강하게 해준다.

오늘날 현실은 파편처럼 흩어진 채 생성되면서 우리의 내면을 형성하고 있다. 총체성이 무너진 지는 꽤 되었지만 그렇다고 이 세계 자체가 부서진 채 존재하는 것은 아니다. 다만 우리가 세계를 파편으로 인식하고 있을 뿐이며, 우리로 하여금 그렇게 인식하게 하는 외부 조건이 우리의 현실인 것이다. 시가 언제나 구체적인 삶에서 시작되는 것이라면, '현실 세계를 바꾸는 것이라는 공리(公理)'에 앞서 파편처럼 흩어진 현실에 예민해지는 것은 자연스러운 일이다. 나아가 시에게 이러한 현실에 응전하는 자세가 필요하며, 나는 그것을 잠정적으로 시 자체가 현실의 '무엇'이 되는 일이라고 말하고 싶다.

이것은 일종의 모색이다. 시 자체가 현실의 '무엇'이 되는 일은 현실을 바꾸는 일을 포기하는 전략이 아니라 현실의 지하에 감금된 진실을 찾아 나서기 위한 몸 바꾸기이다. 궁극적으로는 그 진실을 회복하기 위해 스스로 진실이 되는 길에 나서는 일이다. 그런데, 지금껏 시가 그러한 기능을 해오지 않았던가? 분명한 것은 언젠가부터 시가 진실을 복원하고 스스로 진실이 되는 일보다 세계의 파편화에 무력해지면서 그 무력이 곧 시라는 인식을 용인하고 있다는 사실이다.

다른 면으로는 시가 스스로 '무엇'이 된다는 것은, 시의 유용성이나 무용성에 대한 그야말로 공리주의적인 틀을 넘어서는 일보가 된다. 왜냐면 시가 '무엇'이 되는 문제는 시가 살아 있는 생명체이며, 모든 살아 있는 생명체가 그렇듯 시 또한 생기하고, 운동하고, 사멸한다는 것을 뜻하기 때문이다. 물론 이런 사실을 입증하기 위해서는 더 깊은 사유와 언어가, 그리고 구체적인 작품이 필요하겠지만 무엇보다도 시를 쓰는 주체, 즉 시인의 정신과 영혼이 그것을 긍정할 수 있어야 할 것이다. 왜냐면 시를 결국 작품으로 구현하는 것은 시를 쓰는 주체에 의해서만 가능하기 때문이며 시인 자신이 현실의 바깥이나 위에 있는 존재가 아니기 때문이다.

시가 현실 안에 깊이 내재하면서 현실을 구성하는 입자가 됨으로써 이제 시가 꾸는 꿈은 유토피아가 아니게 된다. 도리어 현실을 구성하는 관계에 참여하는 게 새로움을 획득하는 일이다. 현실을 구성하는 하나의 입자가 되는 일에 성공한다는 것은 이미 시가 새로운 진실을 창조했다는 말도 된다. 이는 역설적으로 반(返)문명적인 크나큰 상상력 위에서나 가능한 일이다. 따라서 시에서 말하는 새로운 진실의 창조에 현대 과학기술은 도반이 될 수 없다. 단언컨대, 현실의 '무엇'이 되는 시를 인공지능은 쓸 수 없다. 따라서 '무엇'이 되고자 하는 시는 인공지능을 두려워할 필요가 없다.

문제는 이러한 주장이나 논리적 명제가 아니라, 실제로 그러한 시가 작품으로 탄생하는 일이다. 감히 말하거니와 극도로 정밀화된 근대 자본주의문명에 맞서는 시의 역량은 시 스스로가 '무엇'이 되는 순간에 현실화된다. 그리고 시가 터뜨리는 이런 현실적 사건의 개화들이 연합할 때, 우리는 그 순간을 새로운 시간이라고 부를 수 있을 것이다.

사실 이러한 인식의 단초는 이미 김수영이 보여준 바가 있다. 그가 "시적 인식이란 새로운 진실(즉 새로운 리얼리티)의 발견이며 사물을 보는 새로운 눈과 각도의 발견"(「시적 인식과 새로움—1967년 2월 시평」)이라고 말할 때, 명시적으로는 '발견'까지만 말했지만 실제적으로는 더 나아갔다. 그것은 어머니의 믿음과 노동에 자신의 시를 비춰보는 구절에서 설핏 나타난다. "언제 어머니의 손만 한 문학을 하고 있을는지 아득하다."(「반시론」)

시가 새로운 진실의 '창조'까지 나아가야 하는 것은, 우리에게 닥친 미증유의 현실 때문이다. 어느 시대에나 그 시대 사람들 자신이 짊어진 현실이 가장 무거운 법이나 지금 우리가 맞은 현실은 과거의 절망이나 비탄으로는 감당키 어려워 보인다. 눈앞의 현상은 신세계를 향하고 있지만, 그 신세계는 우리의 정신과 영혼을 파괴해가면서 다가오고 있다. 그런데 정신과 영혼은 신체 역량과 긴밀하게 연관되어 있어서 정신과 영혼을 돌보는 일은 신체 역량을 돌보는 것을 통해서 이루어진다. 현재의 삶을 조건화하는 근대 자본주의문명은 무엇보다도 우리의 신체 역량을 퇴화시키면서 존속될 수 있다. 그렇지 않냐는 듯 우리는 이제 대지로부터 완벽하게 절연되어 살고 있으며 생명은 이윤을 위한 재료 또는 요소가 되어버렸다.

현실 조건이 이러한 이상 삶이 온전하게 꾸려지는 것은 불가능하다. 그렇다고 해서 현실이 단순한 의지만으로 바뀌지도 않으며, 또 우리가 생각하는 관념대로 현실이 움직이는 것도 아니다. 도리어 의도한 것과는 다르게 현실은 나빠지기도 한다. 따라서 시가 현실 세계를 바꿀 수 있다는 입장은 자칫하면 현실을 더 나빠지게 할 수도 있는 역사적 맥락의 등장을 인정해야 한다. 지금은 이편과 저편이 명확한 시간이 아니다. 그렇다고 해서 완전하게 다른 세계가 우리 앞에 나타났냐면 그런 것도 아니다.

따라서 시는 그간의 울타리를 벗어나 저 무수한 존재들을 엄연한 현실로 받아들이고, 그 현실에서 다시 시작해야 한다. 우리에게 주어진 현실을 숙주로 삼거나 운명으로 받아들이자는 게 아니다. 반대로, 새로운 현실이 감금한 진실을 찾아 나서는 일, 나는 이게 새로운 진실을 창조하는 행위라고 믿는다. 모든 창조가 그렇듯, 창조는 유희가 아니다. 그것은 어쩔 수 없는 한계 혹은 벽을 절감하고 나서 그 어쩔 수 없음을 조금이라도 유예시키거나 타개하기 위한 괴로운 노동에 가깝다. 그러나 시가 새로운 진실을 창조하는 데 성공한다고 해도 거기가 곧 시의 종착점이 되지는 않는다. 새로운 진실은 바람이 씽씽 부는 들판으로 우리를 인도할 뿐이다. 이것은 결코 비장이 아니며 도리어 잃어버린 웃음을 되찾는 일이다.

유희 가운데 웃는 웃음과 괴로운 노동을 통해 얻은 웃음은 그 존재론적 토대가 다르다. 유희를 통해 얻은 웃음과는 달리 괴로운 노동을 통해 얻은 웃음은 바로 새로운 진실의 문을 여는 열쇠가 된다. 즉 전자는 그냥 무(nihil)이고 후자는 존재를 새로이 규정하려는 의지, 시를 쓰는 주체의 신체 역량이다. 따라서 새로운 진실을 창조하는 행위로서의 시는 신체의 능동적 작용에 가깝다. 그리고 그 능동적 작용은 시 자체가 현실의 '무엇'이 되려는 운동을 가능하게 한다. 다시 말해서 시가 스스로 생기고, 운동하게 해주는 일이 시인의 역할이며, 결국 시인은 시와 접신해 그것을 언어로 드러내는 영매일 뿐이라고 할 수 있다. 그러나 시는 초월자가 위에서 내려주는 게 아니라 구체적 삶끼리 부딪쳐 번쩍이는 번개와 같다. 그 번개에 흔쾌히 감전되려면 시인은 어떤 신체 역량을 가져야 하는가.

해설

작고, 어두운 곳을 향해

문종필(문학평론가)

지금의 상황은 과학기술과 간통을 하면 존재 자체가 바스라집니다. 저는 큰 위기의식을 가지고 있습니다. 그렇다면 다른 해결책은 있느냐? 그것은 제게 주어진 역할이 아닌 듯합니다. '응시'라고 한다면 괴물로 다가오는 과학기술을 응시할 것 같습니다. 이것은 계획이 아닙니다. 제 영혼이 그것을 점점 못 견뎌하고 있습니다. 살려면 싸워야지요. 그리고 살아 있다면 시를 계속 쓰고 있을 겁니다.*

---

* 이 글은 황규관 시인이 어느 웹진 잡지에서 인터뷰한 글을 빌려온 것이다. 인터뷰 글은 총 5회에 걸쳐 게재되었다. 다섯 번째 글에서 그의 목소리를 빌려왔다.
(황규관, 「때로는 아픈 게 큰 싸움이 된다.(5)」, 웹진 〈문화 다〉, 2020년 2월 5일~9일.)
http://www.munhwada.net/home/m_view.php?ps_db =power_interview&ps_boid=60

황규관* 시인에게 영혼은 매우 중요하다. 그에게 영혼은 강직하고 정의로운 것과 관련이 있다. 이 마음은 그를 서 있게 하고 살아 있게 만든다. 그렇다면 그가 생각하는 영혼의 모습은 무엇일까. 그는 신체의 역량을 퇴화시키는 기술 자본주의 구조를 비판하면서 "정신과 영혼을"** 돌봐야 한다고 주장한다. 발전된 문명은 영혼을 자유롭지 못하게 막는다는 것이다. 그래서 발붙이고 있는 이곳이 만족스럽지 않다. 살갗에 닿는 온기를 중요시하기보다는 교환 가능한 것으로 모든 것을 환원해버리는 눈빛이 마음에 들지 않는다. 시인은 포스트휴먼(posthuman) 시대의 한복판에서 사람들의 얼굴을 빤히 쳐다볼 뿐이다. 새롭게 거듭나는 기술 문명 발전이 부정될 요소는 아니지만, 오랜 시간 인간이 품고 있던 흔적을 통해 이곳의 틈을 논하고자 한다.

이러한 모습은 시인의 시창작과도 밀접하게 만난다.

---

* 황규관 시인은 오랜 시간 꾸준히 시를 썼다. 그가 출판한 시집은 ① 『철산동 우체국』, 내일을 여는 책, 1998; ② 『물은 제 길을 간다』, 갈무리, 2000; ③ 『패배는 나의 힘』, 창작과 비평사, 2007; ④ 『태풍을 기다리는 시간』, 실천문학, 2011; ⑤ 『정오가 온다』, 도서출판 삶창, 2015; ⑥ 『이번 차는 그냥 보내자』, 문학동네, 2019 이다. 아시아 출판사에서 출판된 이 시집은 공식적으로 그의 일곱 번째 시집이다.
** 산문 「시 스스로 '무엇'이 되는 일」에서 빌려온 문장이다.

건강한 정신과 영혼의 조합으로 시가 만들어진다는 태도가 그것이다. 그의 입장에서 영혼이 탁하면 시도 탁한 형태를 닮아간다. 반대로 영혼이 맑고 투명하면 시도 맑고 투명한 색을 닮는다. 그는 이러한 신념을 바탕으로 영혼을 훈련한다. 정신과 영혼은 살갗과도 밀접하게 관련이 있으니 시적 형식은 삶과 동의어다. 정직한 몸의 시학이다.

그러나 이 바람은 쉽게 이뤄지지 않는다. 시인의 영혼은 현재 생기를 찾지 못하는 것 같다. 그렇다면 그가 닮고 싶은 영혼의 모습은 무엇일까. "거대한 영혼"(「물결의 정체」)은 그가 닮고 싶어 하는 대상인 반면 "굳어버린 영혼"(「대추나무」)은 폐기되어야 할 대상이다. 그래서 이로운 영혼은 화자를 흔들고, 굳어진 몸을 "삐거덕"(「호랑나비」) 흔들어 정신 차리게 한다. 화자는 그때 하늘을 올려다보며 작은 손을 움켜쥔다. 다시, 시작이다. 자신을 낡지 않게 만드는 이러한 반복이 그의 시 쓰기이다. 그러나 황규관 시인은 거대한 영혼만을 쫓지 않는다. 그가 닮고 싶은 영혼은 오히려 낮고 겸손한 위치에 놓여 있다. "세상이 너무 환해"(「반달」) 지금은 찾아볼 수 없는 반달의 흔적과 유

사하다. 일상의 분주함으로 인해 닿지 못했던 살결이다. 시인은 소소하고 정다운 영혼에 희망을 건다.

하지만 지금 현재 시인의 영혼은 흐려지고 있다. 시인이 사는 도시는 밝은 불빛으로 인해 반달 찾기가 쉽지 않다. 힘들 때마다 몸을 일으켜주던 존재를 찾기 힘드니, 기댈 곳이 마땅치 않다. 원인은 외부에만 있지 않다. 항상 '나'를 긴장 위에 올려놓지 못한 시인 본인의 책임도 있다. 이 지점에서 물리적인 시간을 생각하게 된다. 시인의 몸은 예전같이 움직이지 못한다. 어쩌면 이러한 슬픔이 영혼의 모습을 뒤로 물러나게 한 것일 수 있다. 그가 꽃을 보며 "영혼"(「꽃밖에 없네」)의 부재를 떠올리고, 곡괭이를 만지며 온전한 "영혼"(「곡괭이 한 자루와 당나귀 한 마리」)의 흔적을 더듬는 것은 이러한 사실을 증명한다. 그래서 일부의 독자들은 시인의 몸이 위태롭다고 판단할 수도 있다. 그러나 이러한 추측은 시기상조다. 문턱에 서 있다고 보는 것이 옳다.

낡은 신체를 품고 있음에도 불구하고, 자신을 갱신해 새로운 길로 뚜벅뚜벅 걸어가는 것이 시인의 운명이다. 벽에 부딪혀 발을 동동 굴리더라도 손톱이 뭉개질 정도로 벽과 다투는 것이 시인의 길이다. 그가 품고 있던 "영혼"(『다시』)은 이제 새로운 길을 찾아간다. "시간을 갈아 탄 영혼"(『겨울 골짜기』)의 발자국은 도약을 준비하고 있다. 그는 끝에서 고독하게 주변을 배회하며 새로운 길을 찾고 있다. 너무 일찍 끝에 도착한 탓에 제대로 힘을 발휘할 수 없을지도 모른다. 하지만 그는 다시, 힘을 낸다. 자신이 걸어왔던 길을 쳐다보면서 앞으로 걸어가게 될 길을 응시한다. 이 시집에서 확인할 수 있는 '길'과 관련된 시편들은 이 지점을 담고 있다. 그렇다면 그에게 "지나온 길"(『나의 가장 외롭게 높은 곳』)은 무엇이고, 새롭게 걸어가게 될 길은 무엇일까.

'길'과 관련 있는 두 편의 시가 인상적이다. 그는 이 시에서 앞으로 걸어가게 될 '길'에 대해 상세히 적고 있다. 독자들은 이 시를 읽으면서 시인이 걸어가고자 했던 길의 분위기를 짐작할 수 있다. 시인은 말한다. "새로 가는 길은/ 항상 처음 가는 길"이라고. "새로 가는 길은 내게/ 다른 어둠을 안겨주려"(『동트는 쪽으로』) 한다고. "아직 가지 않은 길은 언제나/ 안 보이는 길"이라고. "하루 종일 괭이질에 몸살이/ 온몸을 기어 다니는 길"(『아직 가지 않은 길』)이라고. 이런 길의 흔적을 고려했을 때, 그는 잠시 몸을 움츠리고 있을 뿐, 언젠가는 반듯이 일어나게 될 것임을 짐작하는 것은 어렵지 않다. 그는 멈추지 않을 것이다. 자신감 있었던 과거의 젊은 시절 모습 그대로 당당하게 다시, 시를 쓸 것 같다.

생각해보면, 시인의 이러한 태도는 우리에게 한 가지 교훈을 가르쳐준다. 끝에 서 있더라도 포기하지 않고 새로운 길을 걸어가는 의지가 더 의미 있다는 것을 말이다. 오히려 문제가 되는 것은 걸어가고 있는 길에 대해 의문을 제기하지 못하는 태도일 것이다. 따라서 시인의 영혼은 여전히 건강하다. 그렇다면 시인은 어떤 방식으로 일어나게 될까. 내 안에 있는 무수히 많은 가능성 중 어떤 것을 선택하게 될지 고민하게 된다. 독자로서 이 지점이 가장 흥미롭다. 결론을 이야기하자.

시인은 기로(岐路)에서 '유년'의 흔적을 선택한다. 그는 예전의 시간으로 돌아가 빛났던 '순간'을 움켜잡고 '이곳'에서 재정비한다. 이 시집에 수록된 「낮달」이 그것을 증명해준다. 「낮달」에 그려진 풍경을 옮겨와보자. 집 앞 대추나무, 어머니의 한숨, 어제 불던 돌풍, 숲속에서 우연히

만난 샘물, 홀로 고독하게 서 있는 돌멩이, 강물에 와 닿은 햇볕, 강바닥에 묻은 모래알. 홀로 외롭게 떠 있는 달의 모습이 그것이다. 시인은 유년에 느꼈던 이 감정을 다시 회복하고 싶어 한다. 이 노력이 그를 이곳에서 버틸 수 있게 도와준다.

하지만 이 방법에 무조건 찬사를 보낼 수 없다. 유년의 흔적은 지금, 여기에서 움켜잡을 수 없는 환상이기 때문이다. 과거로 돌아가 위험을 피하려는 모습으로도 읽힌다. 이러한 모습은 '시간'이 흘러감에 따라 겪을 수밖에 없는 시적 주체의 불안을 반영한 것이기도 하다. 불안은 환상을 만들고 왜곡된 의도를 재생산한다. 이 방법이 부정적인 것은 아니지만, 나약해질 수밖에 없는 인간의 모습을 반영하는 듯도 하다. 황규관 시인은 지금 갈림길에 서 있다. 시인은 조금씩 흔들리고 있다.

하지만 이 시집에서 뚝심이 물러나는 것은 아니다. 「벼랑의 시간」과 「숲을 놓아주자」 「그림자」 등의 작품에서 문명 비판 시를 확인할 수 있다. "이제는 숲을 인간에게서 놓아주자"라는 목소리나, 타닥타닥 걸어가 나뭇가지를 자르는 공무원들을 향해 "자르지 마라"라고 항의하는 목소리는, 지구를 못살게 구는 당대의 문명에 저항하는 몸짓이니, 그의 영혼은 여전히 생기 있다고 봐야 한다.

시인의 양심은 여전히 살아 있다. 이러한 사실을 통해 우리는 다음과 같은 몽상을 할 수 있다. 그는 이 시집에서 가보지 않은 길에 대해 물었으나, 무의식적으로는 이미 대답하고 있다는 사실을 말이다. 문명과의 싸움이 그것이다. 가능성은 외부에 있었던 것이 아니다. 시인은 이미 가슴 안에 품고 있었다.

"어머니가 알아"(「냇물의 목소리」)들을 수 있는 뼈 있는 언어를 통해 그는 다시 도약을 준비한다. 시인은 "내가 가난이 되고 고독이 되고/ 빗방울"(「시를 써요」)이 되더라도 시 쓰는 행위를 멈추지 않을 것이다. "심장에 내려"(「봄눈」) 앉는 언어를 찾아 주변을, 술집을, 이웃의 발자취를, 씩씩하게 돌아다닐 것이다.

우리는 그가 걸어가는 길을 자연스럽게 응원하게 된다. 한 시인의 삶은 우리의 삶이기도 하다. 그에게 보내는 응원은 우리에게 보내는 응원이다. 그러니 우리 모두 다시, 일어나자. "좀 더 작아"지고 "골짜기처럼 더 어두워"(「화장」)지자!

황규관에
대해

POET

이제 그를 두고 자연 서정의 사제라고 불러도 좋으리라. 김수영의 치열한 언어와 사유를 일견 잇고 일견 넘어서면서, 황규관은 삶의 가파름과 평화로움, 노동과 안식, 역사와 현재, 영원과 순간, 서사와 서정이 시를 써가는 한 몸의 식솔들임을 선명한 표지(標識)로 우리에게 들려준다.

유성호, 창작과비평 2020년 겨울호

시인은 독자를 아프고 불편하게 하는 사람이다. 인간을 피안의 세계로 인도하는 사제가 아니라, 비루한 세상과 충돌하고 불화하는 진실의 폭로자이다. 그래서 시인은 언제나 외롭고 쓸쓸하다. 황규관 시인과 함께, '불의 시간'을 끝내자. 자본의 속도전에 편승하지 말자.

박형준, 오늘의문예비평 2020년 봄호

K-포엣

호랑나비

2021년 5월 31일 초판 1쇄 발행

지은이 황규관
펴낸이 김재범
펴낸곳 (주)아시아
출판등록 2006년 1월 27일 제406-2006-000004호
주소 경기도 파주시 회동길 445
전화 031.955.7958
팩스 031.955.7956
전자우편 bookasia@hanmail.net
홈페이지 www.bookasia.org
ISBN 979-11-5662-317-5 (set) | 979-11-5662-547-6 (04810)

값은 뒤표지에 있습니다.